1859 (Mai 3-4)

TABLEAUX

ÉTUDES

DESSINS, AQUARELLES, CROQUIS

ET

COMPOSITIONS DIVERSES

DE

Feu LÉON BENOUVILLE

VENTE

LES MARDI 3 ET MERCREDI 4 MAI 1859

Mᵉ CHARLES PILLET	M. FRANCIS PETIT
Cⁱᵉ-Priseur	Expert

RENOU ET MAULDE
IMP. DE LA COMPAGNIE DES CH. PRIEURS
rue de Rivoli, 144.

CATALOGUE

DES

TABLEAUX

ÉTUDES

DESSINS, AQUARELLES, CROQUIS

ET

COMPOSITIONS DIVERSES

DE

Feu Léon BENOUVILLE

DONT LA VENTE AUX ENCHÈRES PUBLIQUES AURA LIEU

par suite de son décès,

HOTEL DROUOT

SALLE N° 2

Les Mardi 3 et Mercredi 4 Mai 1859, à 2 heures

Par le ministère de Mᵉ **CHARLES PILLET**, Commissaire-Priseur,
successeur de M. **BONNEFONS DE LAVIALLE**,
rue de Choiseul, 11,

Assisté de M. Francis **PETIT**, Expert, rue de Provence, 48.

chez lesquels se distribue le présent catalogue

EXPOSITION PUBLIQUE.

Le Lundi 2 Mai 1859, de midi à cinq heures.

1859

CONDITIONS DE LA VENTE

Elle sera faite au comptant.

Les acquéreurs paieront en sus des adjudications cinq pour cent applicables aux frais de vente.

EXTRAIT DE LA GAZETTE DES BEAUX-ARTS

8me LIVRAISON DE 1859

LÉON BENOUVILLE

Lorsque la mort d'un homme illustre laisse une place vide dans la science, les lettres ou les arts, le sentiment qui suit le regret de sa perte est l'inquiétude qu'un tel homme ne soit pas remplacé. Du regard, de la pensée, on cherche à qui doit échoir, parmi les survivants, l'héritage de celui qui n'est plus; on se demande qui doit le continuer, qui doit le faire revivre; on se demande, après la chute d'un de ces princes de l'intelligence, à qui l'opinion va décerner sa couronne vacante. Cette question, les amis de notre art national, les amis de sa durée et de sa gloire, se la sont adressée en apprenant qu'Ary Scheffer avait cessé de vivre. Ils ont demandé, dans une légitime inquiétude : Quel sera son successeur? Et nous croyons que la plupart ont répondu, dans une espérance non moins légitime : Ce sera Léon Benouville! Il y avait, en effet, entre ces deux artistes, bien que celui-ci n'eût pas été l'élève direct de celui-là, une frappante affinité de sentiment, de style, de manière; il y avait cette sympathie, en quelque sorte innée, et plus puissante que l'enseignement, qui forme, dans les arts, la vraie filiation. Évidemment, Benouville était fils de Scheffer. Et voilà qu'à son tour Benouville est mort ! Il est tombé à trente-huit ans, lorsqu'il avait franchi les premiers obstacles d'une difficile carrière, lorsqu'il avait ouvert sa voie et pris pleine possession de lui-même, lorsqu'il forçait la renommée, toujours si longtemps rebelle, à s'occuper enfin de son nom et de ses œuvres. Disons tristement quelques mots de cette existence tranchée si vite, et qui montre une fois de plus toute la cruauté du sort.

Frère cadet de M. Achille Benouville, peintre distingué de paysages, Léon Benouville était né à Paris le 30 mars 1821. C'est dans l'atelier de M. Picot, d'où sont sortis tant d'éminents élèves, qu'il a fait ses études d'artiste ; et ses progrès y furent tellement rapides, que, dès l'année 1839, n'ayant que dix-huit ans, il fit admettre au Salon un tableau d'*Argus et Mercure*, où des juges éclairés virent la preuve d'un talent plus mûr que l'âge, et l'indice de succès assurés. Cet essai fut suivi, aux expositions postérieures, d'un tableau pris dans le roman d'*Ivanhoë*, *le Chevalier et l'Ermite*, puis d'une *Judith*, puis d'une *Esther* ; et, dans l'année 1845, avec le sujet du *Christ au prétoire*, Benouville remporta au concours le grand prix d'histoire, tandis que son frère, la même année, remportait le grand prix de paysage. Ils devinrent tous deux pensionnaires à l'école de Rome. De la villa Médici, Léon Benouville fit quelques envois remarqués, et mérita d'être rangé, dès ce temps-là, avec MM. Hébert, Cabanel et quelques rares condisciples, parmi ceux qu'on appelait avec raison l'espoir de l'école française. Mais ce fut au Salon de 1863, par sa belle composition de la *Mort de saint François d'Assise*, que Benouville se révéla pleinement. Dans cette peinture, aussitôt achetée par l'État pour le Luxembourg, il y avait une manière austère et sobre, un sentiment calme et recueilli, une poésie tendre et religieuse qui marquaient son auteur, parmi tant de bizarreries et d'extravagances, du sceau d'une originalité native, et partant véritable. Benouville cessait d'être élève, il passait maître.

Deux tableaux qui le représentèrent à l'Exposition universelle de 1855, un *Prophète de la tribu de Juda, tué par un lion*, et les *Martyrs chrétiens entrant dans le Cirque*, lui valurent, à ce concours général entre toutes les nations, une médaille et la croix d'honneur. Il garda son rang, éminent déjà, au Salon de 1857, en y présentant la fable des *Deux Pigeons, Poussin sur les bords du Tibre, Raphaël rencontrant la Fornarina*. Mais c'était au Salon qui va s'ouvrir, à celui de cette présente année, que Benouville devait s'élever, comme nous l'avons dit, jusqu'à l'honneur d'être appelé le successeur d'Ary Scheffer. Il allait briller aussi par une science de composition signalée, par une puissance d'expression irrésistible. Il avait conservé, assurément, il avait augmenté même les qualités précieuses qui firent remarquer ses premiers travaux. C'était la même sagesse d'arrangement, la même sobriété d'effets, et cette austérité biblique si convenable aux sujets qu'il aimait à traiter; mais c'était aussi, dans l'exécution, plus de vigueur et d'élégance; c'était, avec la simplicité, l'agrément et le charme. On verra bientôt quels pas de géant Benouville avait faits, entre cette *Mort de saint François d'Assise*, qui décore le Luxembourg, et *Sainte Claire recevant le corps de saint François d'Assise*, qui va décorer la prochaine exposition. L'on jugera, à voir ce progrès immense, quels progrès il pouvait faire encore, si la vie ne lui eût pas fait défaut avant l'âge du talent mûr et consommé. Et les regrets, j'ose le dire, s'accroîtront encore devant son dernier ouvrage, le plus important peut-être et le plus parfait, celui auquel sa main mourante voulait ajouter quelques dernières délicatesses de touche. C'est la *Vision de Jeanne d'Arc.*

.   .   .   .

.   .   .   .

Léon Benouville a succombé en quelques jours aux atteintes d'une fièvre typhoïde, malgré les secours éclairés de la médecine et les soins dévoués de l'affection. C'est une perte amèrement pleurée, car sa droiture, sa modestie, la douceur et la bienveillance de son caractère, la sûreté et le charme de son commerce lui avaient gagné le cœur de tous ceux qui l'ont connu.

LOUIS VIARDOT.

TABLEAUX & ÉTUDES

1 — Héro et Léandre.

2 — Protésilas.

3 — Figure d'Achille.

4 — La Mort du prophète de Juda.

5 — La Vision de sainte Catherine de Sienne.

(Grisaille.)

6 — Même sujet.

7 — Raphaël et la Fornarina.

8 — Moïse exposé sur les eaux.

9 — Figure de Vulcain.

10 — Étude de moine.

11 — L'Ombre d'Achille apparaissant aux Grecs.

12 — Achille touchant de la lyre.

13 — Héro et Léandre.—(Grisaille.)

14 — Les Deux pigeons.

15 — OEdipe. (Grisaille.)

16 — Figure d'Achille.

17 — Jeune mère et son enfant. (Grisaille.)

18 — Jacob apercevant Rachel.

19 — Première nuit des noces de Tobie. (Grisaille.)

20 — Sainte Claire, à son lit de mort, reçoit la
visite du pape Innocent IV.

21 — Éliézer et Rebecca au puits.

22 — Femme romaine.—(Étude.)

23 — Autre femme romaine.

24 — Les Deux pigeons.—(Grisaille.)

25 — La Mort du prophète de Juda.

(Première pensée.)

26 — OEdipe quittant Thèbes.

(Tableau de concours.)

27 — L'Antiope, d'après le Corrège. —(Esquisse.)

28 — La Dispute du Saint-Sacrement, d'après Raphaël.—(Réduction.)

29 — Jésus-Christ chez Simon, d'après Paul Véronèse.

30 — Tête d'étude, d'après Raphaël.

31 — La Vierge apparaît à saint Bruno, d'après Lesueur.

32 — L'Apparition du Christ à la Madeleine, d'après Paul Véronèse.

33 — Vénus à sa toilette, d'après le Titien.

(Tribune de Florence.)

34 — La Vierge au lapin, d'après le Titien.

35 — Vénus et l'Amour, d'après le Titien.

36 — Diverses études de paysage.

DESSINS

37 — Raphaël apercevant la Fornarine.—(Aquar.)

38 — Vue de Terracine.—(Aquarelle.)

39 — Mort du prophète de Juda.—(Pastel.)

40 — Mort du prophète de Juda.—(Fusin.)

41 — Jeanne d'Arc dans sa prison.—(Fusin.)

42 — La Vision de Jeanne d'Arc.—(Fusin.)

43 — Études de têtes pour la Jeanne d'Arc. —
     (Dessin.)

44 — La Vierge portant l'Enfant Jésus. (Dessin à
     la plume.)

45 — Éliézer et Rebecca.—(Pastel.)

46 — Joseph vendu par ses frères.—(Fusin.)

47 — Première nuit des noces de Tobie.—(Fusin.)

48 — Projet de décoration d'une chapelle à saint François d'Assise :

Saint François bénissant la ville d'Assise.

Sainte Claire recevant le corps de saint François, au couvent de sainte Marie-des-Anges.

L'Apothéose de saint François.

49 — Cartons des décorations faites à l'Hôtel-de-Ville.

50 — Carton de son tableau de la Vision de Jeanne d'Arc.

51 — Raphaël apercevant la Fornarine. — (Fusin.)

52 et 53 — Deux figures de femmes et deux compositions pour dessus de portes.

(Cartons d'une décoration à l'hôtel Paulet.)

54 — Figure du Poussin. — (Fusin.)

55 — Étude pour les Martyrs. — (Dessin.)

56 — La Vision de Jeanne d'Arc. — (Dessin.)

57 — Œdipe quittant Thèbes. — (Dessin.)

(Composition pour le concours de Rome.)

58 — Éliézer et Rebecca au puits. — (Dessin.)

59 — Le Christ au prétoire.

(Prix de Rome.)

60 — Achille jouant de la lyre. — (Dessin rehaussé)

61 — Achille jouant de la lyre. — (Dessin colorié.)

62 — Projet de décoration pour une des salles du ministère de l'intérieur.

63 — Sacrifice aux dieux pendant une peste.

64 — Composition des Martyrs. — (Dessin rehaus.)

65 — Groupe de paysans romains.

66 — Sainte Claire recevant le corps de saint François d'Assise. — (Dessin.)

(Première pensée.)

67 — Fragment de la même composition.

68 — La Vierge montrant l'Enfant Jésus.

69 — Femme d'Alvito.

70 — Femme d'Arpino.

71 — Composition pour les Fureurs d'Oreste.

72 — La Mort du prophète de Juda. — (Lavis.)

73 — Le Poussin à Rome. — (Lavis.)

74 — Moïse exposé. — (Dessin.)

75 — Fragment du Jugement dernier, d'après Michel-Ange. — (Dessin rehaussé en couleur.)

76 — Fragment de l'École d'Athènes, d'après Raphaël.

77 et 78 — Le Baiser de Judas et le Christ sur son trône, d'après Giotto.

(Deux dessins faits à l'Église Saint-Miguato, à Florence.)

79 — Saint François d'Assise, dessin d'après Buffalmaco.

80 — Copies de divers bronzes du musée de Naples. — (Aquarelles.)

81 — Chasseur endormi.

(Dessin d'après un bas-relief antique.)

82 — Le Diogène, d'après le Poussin.

Aquarelle par M. Benouville.

83 — Études pour la composition de son tableau du Poussin.

84 — Études pour son tableau de Raphaël et la Fornarine.

85 — Études pour la décoration de l'Hôtel-de-Ville.

86 — Études pour la décoration de l'hôtel Paulet.

87 — Études pour son tableau des Martyrs.

88 — Études pour son tableau des Deux Pigeons.

89 — Études pour son tableau de sainte Catherine de Sienne.

90 — Études pour son tableau du Prophète de Juda.

91 — Figure de la sainte Catherine de Sienne.

92 — Figure de saint François.

93 — Figure du Poussin.

94 — Étude de saint Dominique.

95 — Études pour son tableau des noces de Tobie.

96 — Études de Mlle Rachel.

97 — Études diverses.

98 — Dessins d'après les maîtres et l'antique.

BRNOU et MAULDE, Imprimeurs de la Compagnie des Commissaires-Priseurs, rue de Rivoli, 144.